CB029839

DISNEY
Lilo & Stitch

'OHANA QUER DIZER FAMÍLIA

REFLEXÕES SOBRE O DIA A DIA

Denise Shimabukuro

São Paulo
2024

Grupo Editorial
UNIVERSO DOS LIVROS

'Ohana means family – Musings on everyday life
Copyright © 2024 Disney Enterprises, Inc.
© 2024 by Universo dos Livros
Todos os direitos reservados e protegidos pela Lei 9.610 de 19/02/1998.

Nenhuma parte deste livro, sem autorização prévia por escrito da editora, poderá ser reproduzida ou transmitida sejam quais forem os meios empregados: eletrônicos, mecânicos, fotográficos, gravação ou quaisquer outros.

CRÉDITOS DA EDIÇÃO ORIGINAL

CONCEITO E ILUSTRAÇÕES
Denise Shimabukuro

ESCRITO POR
Denise Shimabukuro com Steve Behling

DESIGN E LETRAS
Falcinelli & Co. / Nicoletta Valentini

CRÉDITOS DA EDIÇÃO BRASILEIRA

DIRETOR EDITORIAL
Luis Matos

PREPARAÇÃO
Monique D'Orazio

GERENTE EDITORIAL
Marcia Batista

REVISÃO
Alline Salles e Paula Craveiro

PRODUÇÃO EDITORIAL
Letícia Nakamura e Raquel F. Abranches

ARTE
Renato Klisman

TRADUÇÃO
Dante Luiz

LETTERING E DIAGRAMAÇÃO
Francine C. Silva

Dados Internacionais de Catalogação na Publicação (CIP)
Angélica Ilacqua CRB-8/7057

S559L	Shimabukuro, Denise
	Lilo & Stitch : Ohana quer dizer família : reflexões sobre o dia a dia / Denise Shimabukuro ; tradução de Dante Luiz. –– São Paulo : Universo dos Livros, 2024.
	64 p : il, color.
	ISBN 978-65-5609-710-7
	Título original: *Ohana means family – musings on everyday life*
	1. Ficção infantojuvenil norte-americana I. Título II. Luiz, Dante
24-3464	CDD 028.5

Universo dos Livros Editora Ltda.
Avenida Ordem e Progresso, 157 — 8º andar — Conj. 803
CEP 01141-030 — Barra Funda — São Paulo/SP
Telefone (11) 3392-3336
www.universodoslivros.com.br
e-mail: editor@universodoslivros.com.br

Crescer no Havaí me deu o privilégio de experimentar, em primeira mão, a força e a beleza do "Espírito Aloha": um sentimento indescritível que conecta a todos como uma única 'ohana nas ilhas. Embora muitos de nós tenhamos tido que deixar aquele paraíso, ainda podemos carregar esse espírito conosco para onde quer que formos e compartilhar esse amor com aqueles que encontramos.

Este livro foi inspirado pelas memórias da minha infância, assim como as histórias trocadas dentro da minha 'ohana. Com esses momentos preciosos, espero poder compartilhar uma melhor compreensão desse conceito especial com outras pessoas mundo afora. Compartilhar a importância das pequenas coisas que experimentamos todos os dias e que, frequentemente, não percebemos ou não apreciamos de verdade. Dessa forma, nossas famílias crescerão e o Espírito Aloha poderá se espalhar e continuar a juntar TODOS NÓS em uma grande 'ohana.

Dedico esta obra ao povo do Havaí, aos novos membros de minha família e, especialmente, à minha mãe, que sempre personificou o Espírito Aloha.

Denise Shimabukuro

Perdido

Não importa quanta gente sua família tenha, sempre há espaço para mais um.
Ao convidar alguém para nossa 'ohana, nossa família continua a crescer,
fortalecer e florescer, até mesmo além dos laços sanguíneos.
E ninguém fica sozinho.

Amanhecer

Acorda, Stitch! Senão a gente vai se atrasar!

Resmungo resmungo

VAI LOGO!

Ufa! Chegamos a tempo!

Que é? Stitch só vê água.

Você vai ver!

Quando o sol nasce, significa que um dia novo chegou –
cheio de primeiras, segundas e até mesmo de terceiras chances
para deixar nossa vida tão boa quanto ela pode ser.
E, apesar de nada ser garantido,
enquanto o sol raiar, nós poderemos continuar a apreciar de verdade
cada uma das oportunidades que o novo dia traz…
Ou só apreciar um momento especial
com quem amamos.

Conchas quebradas

Boa, Stitch!

Mas eu prefiro conchas quebradas.

Se algo parece quebrado, é tentador o deixarmos de lado.
Fazemos isso com conchas, mas, às vezes, também
fazemos com pessoas…
Mas se acolhermos as imperfeições – nos outros e em nós mesmos –,
podemos nos surpreender com a beleza do resultado.

Lū'au

Oi, sr. Bubbles! Você vai jantar aqui desta vez?

Desculpe, Lilo. Tenho outro compromisso. Talvez na semana que vem.

Jumba! Pleakey! Vocês querem ir pra praia com a gente?

Foi mal, Lilo.

Temos que terminar um GRANDE experimento.

A gente precisa levar essas coisas pro centro de doações.

Pra onde vocês vão?

Nos vemos mais tarde, tá?

ESPEREM!

Acho que nossa família precisa de um LŪ'AU!

13

A vida se move depressa, e é fácil ficarmos tão ocupados que mal vemos a família e os amigos. Todo mundo pode precisar de um luau, a festa havaiana que oferece a chance de se reconectar e renovar laços de família e de amizade. Significa se sentir bem-vindo e amado, e também comer um monte!

Sonhos de areia

Nunca vi nada ASSIM!

PRIMEIRO LUGAR!

Nem todo mundo vai acreditar nos seus sonhos.

Podem criticá-los ou dizer que são impossíveis,

mas isso não significa que você não deva acreditar nesses sonhos.

Afinal, se você continuar fiel a si mesmo, quem sabe?

Talvez seus sonhos se tornem realidade… mesmo que

seja construir a escultura de areia mais assustadora de todas!

Idosos

Os laços entre gerações diferentes são o coração
da força das nossas comunidades.

Apesar disso, esses laços nem sempre são o centro da nossa vida agitada.

Mas, ao nutrir essas relações de que tanto precisamos,

ao passar tempo juntos e compartilhar nossas histórias,

podemos enriquecer nossas vidas e ajudá-las a florescer.

Venda de biscoitos

Ainda não, Stitch. A gente precisa esperar até a borda dourar.

Às vezes, as coisas parecem simplesmente impossíveis, mas não significa que você não deva tentar! Com esforço e dedicação, além de muita paciência, você vai se surpreender com o que é capaz de fazer. E, seja como for, saiba que sua 'ohana sempre vai estar ao seu lado para ajudar no que for preciso.

Tempo sozinha

Nani

Querida Nani,
Fiz um amigo pra você,
caso precise de um
abraço quando passar
um tempo sozinha.
—Lilo

Passar tempo com a família e os amigos é ótimo, mas todo mundo precisa passar um tempo sozinho para descansar e recarregar as energias. Ao dar espaço para quem a gente ama e dizer a eles que está tudo bem, nós estamos dizendo que compreendemos e que os apoiamos.

Mynah

HE HE HE

31

É maravilhoso compartilhar o que temos para ajudar outra pessoa.
Mas, antes que possamos fazer isso, é preciso cuidar de nós mesmos.
Certifique-se de que você esteja bem e, assim, você estará em uma
posição melhor para fazer igual por outra pessoa.
(Isso inclui dividir biscoitos.)

Diferenças

Não há duas pessoas idênticas, e até mesmo melhores amigos podem ter diferenças que levem a discussões.
Conforme as amizades crescem, podemos aprender e até mesmo celebrar essas diferenças e nos aproximar ainda mais.

Canoa

É, Stitch, hoje os remadores estão praticando.

Stitch tenta!

Espera... Sozinho?! Certeza? A gente precisa esperar a Nani!

Não! Stitch vai sozinho!

Sabe, praticar canoagem é como navegar pela vida.

E os remos são sua 'ohana... Sua família.

Você pode ir sozinha, mas é mais difícil.

Você pode acabar remando em círculos...

E ser derrubada mais fácil!

Todos nós podemos fazer algumas coisas bem incríveis sozinhos.
Mas, trabalhando juntos, podemos superar desafios
muito maiores do que quando estamos sós. Por mais turbulento
que o mar fique, podemos encontrar força uns nos outros
e enfrentar as ondas turbulentas da vida mais facilmente.

O melhor dia

É fácil focar nas coisas que não temos, que nos deixam tristes ou que fazem a gente sentir pena de nós mesmos. Mas, se focarmos no bom e não no ruim, se apreciarmos o que temos em vez do que não temos, podemos transformar dias decepcionantes nos dias mais memoráveis.

Hora do chá

Deixar nossos desejos de lado para focar nos desejos dos outros
pode ser frustrante. Mas ver a alegria de quem você ama compensa
qualquer decepção causada pelo sacrifício. E quem sabe?!
Você pode até mesmo acabar se divertindo!

Criaturas nojentas

Só porque algo pode não ser bonitinho e adorável à primeira vista
não significa que não seja maravilhoso à sua própria maneira.
Não deveríamos julgar…
Ou esmagar tão depressa!

Hula

A hula não é apenas uma forma de entretenimento – é uma dança tradicional que conta uma história, e é uma parte importante da cultura havaiana. Aprender nem que seja um pouquinho sobre os costumes de outra cultura não só enriquece a vida de todos, como também é sinal de respeito.

Trabalho de escola

O momento em que uma pessoa não parece tão legal assim pode ser exatamente o momento em que ela mais precisa de um pouco de gentileza. Ao deixarmos de lado as dificuldades, podemos enxergar alguém que está sofrendo ou passando por alguma necessidade…

E, nessas situações, todo mundo precisa de um amigo.

Concerto da chuva

Podemos encontrar coisas belas e maravilhosas em qualquer lugar. Tudo o que precisamos é sermos gratos e recebermos de braços abertos os presentes que recebemos todos os dias.

Hora da história

Quando vemos que alguém teve um dia difícil, até mesmo um pequeno ato de gentileza – como ajudar essa pessoa a relaxar – pode fazer com que ela se sinta muito melhor.

Arco-íris

Assim como cada cor faz parte do arco-íris,

cada um de nós faz parte do mundo, pois

nossas diferenças e individualidades são o coração dessa força.

Juntas, nossas cores criam uma grande

e linda 'ohana.